Der be(ge)nötigte Teddy

Glosse

Für B.
der's gefällt

Manfred Baehr
Fronhof 1
53520 Reifferscheid

Bibliografische Informationen der Deutschen
Nationalbibliothek:
Die Deutsche Nationalbibliothek verzeichnet diese
Publikation in der Deutschen Nationalbibliografie;
detaillierte bibliografische Daten
sind im Internet über http://dnb.dnb.de abrufbar.

© 2021, Manfred Baehr
Herstellung und Verlag:
BoD – Books on Demand,
Norderstedt

ISBN: 9783755777311

„Der be(ge)nötigte Teddy"

Vor den Worten

Leben ist ein einziges Chaos. Je jünger das Leben - desto chaotischer. Das ist eine weitgehend bekannte Tatsache. Junges Leben hat noch ungenutzte Ressourcen. Kräfte, die vergeudet werden dürfen.

Das Chaos darf demnach als deutliches Kennzeichen der Jugend gelten. Doch manchmal wird das „Prinzip Chaos" beibehalten - gleich welche vermeidbaren Schwierigkeiten daraus erwachsen.

Erster Versuch

Wie soll ich Deinen letzten Brief verstehen - mein Freund? Das aus Deinem Roman nichts werden will, die Gedanken sich zu einem heillosen Knäuel verdrehen? Die Buchstaben flattern und die Sätze fransen aus?

Oder traust Du Dich - noch - nicht so recht an's Tageslicht und wartest auf eine ausdrückliche Einladung. Nun denn – hier ist sie:

Ganz klar: Ich erwarte, Deinen Entwurf in den nächsten Tagen auf meinem Schreibtisch zu sehen! Neugierig hast Du mich gemacht. War das vielleicht Absicht? Oder möchtest Du aufgefordert werden? Damit nirgendwo der Eindruck entsteht, Du hättest Dich mir aufgezwungen? Mach' Dir keine Gedanken. Gemäß den Eigenwilligkeiten unserer Korrespondenz gehe ich sogar in Vorleistung und berichte selber, was ich mir in der letzten Zeit so leiste … ungefragt übrigens.

Wohin eine mögliche Schreibreise gehen kann, möchtest Du wissen?

Dass es schwerfällt, die für eine lange Schreibreise nötigen Sachen zu packen, meinst Du?

Dann wären ja die bisherigen Reisen schon ein Thema!

Ob sie für mich bereits genügend Stoff hergeben, fragst Du mich? Ich schau nach.

Da fällt mir ein: Von kompetenter Seite ist mir nahegelegt worden, meine Zeit nicht länger zu vergeuden. Du weißt, wen ich meine? Richtig – meine Praktikantin – die Studentin der Germanistik - hat mir dies nahegelegt.

Ich solle endlich die Tatsache eines Mangels an Fähigkeit anerkennen und meine Zeit sinnvoll nutzen.

Meine Antwort: „Jesus hat Blinde sehend gemacht und Lahme laufen lassen, ja, er brachte Tote ins Leben zurück. Aber hast du je gehört, dass er einen Dummkopf von seiner Unvernunft befreit hat?" Rafik Schami hat uns beschrieben. Dummköpfe kann nichts und niemand beirren.

Ich jedenfalls kann nicht davon lassen. Wenn ich nachts wachliege, schwelge ich in dem Gedanken, dass alles um mich herum nur deshalb geschieht, damit ich eine „Geschichte" daraus machen kann.

Aber was darfs's sein? Eine mittelalterliche Geschichte? Ich zweifle. Am liebsten würde ich eine witzige Story schreiben. Aber da meldet sich die Praktikantin mit dem Einwurf: ausschließlich indirekte Rede. Keine Action. Keine lebendigen Gespräche. Also eigentlich keine Story, keine Charaktere, keine Ereignisse.

Schon wieder zuckt der Stift vom Papier. Also besser doch den Garten jäten statt Worte schreiben?

Muss ich erst vor Besessenheit knirschen, bevor der Garten zuwächst und das Schreibgerät glüht? Besessen von Schattenfiguren beziehungsweise Situationen.

Du erinnerst mich an meinen ersten Schreibversuch. Sciencefiction. Mit vierzehn Lebensjahren. Natürlich grausam. Aber erstaunlich beharrlich. Und das kam so: Kaum das ich drei oder vier Bücher gelesen hatte, fielen mir während einer schulisch erzwungenen Autorenlesung ein paar Fragen ein. Alle anderen Schüler langweilten sich und blieben deshalb still.

Am Ende nahm mich der Autor (dessen Name mir entfallen ist) beiseite und fragte, ob ich selbst schon einmal zu schreiben versucht hätte. Es folgte einer der wenigen überraschenden Momente meines jugendlichen Daseins. Ich tischte schwungvoll die Unwahrheit auf, mich mitten in einer *schwierigen* Schreibarbeit zu befinden.

Dreist spann ich sogleich eine weitverzweigte Geschichte um meine Lüge. Die schmeichelnde Behandlung muss mich animiert haben. Wie angeregt ich mich fühlte! Vergessen waren die alltäglichen lauernden Gefahren eines Heranwachsenden. Meine Übertreibung trug mich auf sanften und sicheren Schwingen voran.

Beneidenswerte Freiheit von üblicherweise lähmenden Hintergedanken bzw. Unsicherheiten. Ich hatte keinen Gedanken daran vergeudet, was mir eine derartige Lüge antun konnte.

Damals: Ab aufs Fahrrad und auf direktem Weg an den nicht vorhandenen Schreibtisch (ich muss ständig bäuchlings geschrieben haben, was so manches entschuldigt). Da saß ich vor einem Stapel weißer DIN A 4 Blätter und wusste überhaupt nicht, was als nächstes kommen sollte bzw. konnte! Wir war vorzugehen? Was denkt sich ein Schreiberling? Was passiert, bevor der Stift Linien auf unbeflecktes Papier kratzt? Wen sollte, wen konnte ich fragen? Schulkameraden? Die hätten mich nicht nur ausgelacht. Also auf keinen Fall Schulfreunde!

Freunde fragen? Die besten ein oder zwei verstanden etwas von Sport, von Zigarettenmarken oder freiem Kinoeintritt, vielleicht auch in Kinovorstellungen ab achtzehn. Aber der Schreiberei hätten sie gleich ein verächtlichtes „Blödsinn" entgegengeschleudert. Womöglich kamen sie auf die Vermutung, dass ich mein körperliches Versagen in ungezählten Sportstunden auf diese Weise vergessen machen wolle.

Den ersten Bleistift habe ich in derartige Gedanken vertieft von oben herab abgekaut. Diese Unart hat sich über all die Jahre gehalten. Deshalb ist es auch heute noch wichtig nur Bleistifte ohne Radiergummi am anderen Ende zu benutzen. Denn der trockene Gummigeschmack, eingerahmt vom metallenen Nachhall der Einfassung, hat mir schon manche Magenverstimmung eingetragen.

Mädchen. Das war eine Lösung. Endlich konnten sie etwas tun, dass mich für die unerträglich anmutenden Ablehnungen entschädigte, die mir regelmäßig in's Gesicht geschleudert wurden. Aber wen durfte ich fragen? Auch dort war weit und breit niemand auf dem riesigen Spielfeld zu erblicken. Nun gut, wenn schon kein Austausch möglich war, dann wollte ich wenigstens über das andere Geschlecht schreiben.

Was sollte ich schreiben? Und worüber? Alle möglichen Gefühle spielten mit mir, waren aber *literarisch* nicht für mich zu nutzen. Sagen und Märchen hatte ich gelesen - aber für eine derartiges Genre fühlte ich mich inzwischen einfach zu *alt*. Der Schrecken und die Leere wuchsen ständig: Was nur sollte ich schreiben?

Hätte ich bloß mein verdammt loses Mundwerk gehalten und diesem Autor gegenüber weniger aufgeschnitten. Die Klemme war groß und schmerzhaft. Niemanden konnte es bekümmern, falls nichts geschah. Aber in mir stampfte und wühlte es. Denn ich fühlte mich *verpflichtet*.

Da gab es also weit und breit niemanden, mit dem ich über mein *Problem* sprechen konnte. Das Lachen meiner Freunde schallte mir bereits in den Ohren. Und meine rechtlich unumstrittene, leibliche Be-vormund-ung hätte mich für verrückt erklärt, was sie in nicht unwesentlichen Bereichen im übrigen ja ohnehin tat. Nur wollte ich ihr nicht noch eine leichtfertige Bestätigung liefern.

Also: Schweigen. Die Last auf meiner unterentwickelten Seele wurde von Tag zu Tag größer. Nicht zuletzt an meinen mangelnden schulischen Leistungen zerschellten alle Bemühungen um eine umfangreiche schriftliche Arbeit. Wer nicht einmal einen Aufsatz binnen Wochenfrist zur eigenen Zufriedenheit erledigen konnte, geschweige denn zur Zufriedenheit des Lehrpersonals, wie konnte so einer ein *Buch* schreiben wollen?

Zuletzt schleppten mich meine Irrenhauswärter (= Be-Vormund-er) in Urlaub. Das gab mir den Rest und - siehe da - den kaum mehr für möglich gehaltenen Kick: Hatte ich nicht völlig zufällig "Die Reise zum Mond" von Ludek Pesek gelesen? Sciencefiction Fiktion! War das nicht ein für jedes Gespinst freies Feld? Keine Verbote! Nichts unmöglich!

Der Phantasie waren Tor und Weltall geöffnet!

Ran an den Feind „unbeschriebenes Blatt Papier".
Ich sollte die Reise zum Mars schreiben - wohin
auch sonst?!? Dann brauchte ich nur noch Namen
für die beteiligte Crew und eine Zeichnung des
Raumschiffes, wobei die Namensgebung bereits
in einer ersten Schaffenskrise mündete. Auf den
Gedanken, dass ich mir Gedanken über das
machen musste, was ich zu schreiben gedachte,
kam ich glücklicherweise nicht. Die langen Tage
an der Seite meiner Wärter irgendwo in der Eifel
im unangenehm beengten *Wohnwagen* (rätselhaft-
erweise ohne Räder!) simulierte mir zu genüge
die äußeren Bedingungen einer Reise zum Mars.
Streitereien und Auseinandersetzungen mit
meiner jüngeren Schwester gaben der Story den
nötigen menschlichen Hintergrund. Kälte und
Ungemütlichkeit des Campingplatzes wurden
zum Praxistraining für die allabendlichen Notizen
über meine *Crew*.

Das erste Fettnäpfchen von einigen: Ich wählte
unbedacht allerdings unvermeidlich die
Tagebuchform und zwang mich derart völlig
unnötigerweise ein Abenteuer für jeden Tag der
Reise zum Mars zu konstruieren. Es war eine
Qual. Meine Laune verschlechterte sich
zusehends. Ich sehe mich in der Nacht noch

frierend vor der Tür des grausamen Wohnwagens zu den Sternen starren und auf eine Eingebung hoffen. Die musste doch *von oben* kommen - oder etwa nicht?

Meine Wärter beobachteten mich besorgt und kamen zu dem Urteil, das ich irgendeinem Drogenkonsum verfallen sei, der mir mein noch unterentwickeltes Hirn völlig aufweichen würde, zumal ich völlig unmotiviert mit meinem Mofa einen Unfall baute, indem ich auf einer langgestreckten Geraden, die ungefähr drei Kilometer weit einzusehen war, auf ein parkendes Auto knallte. Ich weiß leider nicht mehr, wovon ich viele hundert Meter lang mit offenen Augen träumte. Ich kann nur versichern, dass ich währenddessen nicht von nackten Mädchen geträumt habe.

Aber außer verschärfter Einzelhaft hatte dieser Vorfall keine Folgen. An dieser Stelle lasse ich den schmerzlichen Verlust meines Mofas außer acht. Haft bedeutete erneutes Brüten, was der *Sache des Schreibens* ja nicht abträglich sein konnte.

Nach diesem *Ur-laub* wurde meine Einzelhaft aufgehoben und in die Bewachung der Großmutter mütterlicherseits umgewandelt. Ich betone die verwandtschaftliche Beziehung deshalb, weil meine Großmutter leicht verwirrt war. Na ja, oder doch schwer. Sie wurde in einem unabenteuerlichen Akt missverstandener Heldenhaftigkeit aus der Ex-DDR in die nicht mehr BRD verfrachtet. Unhinterfragt. Sie starb dann auch bald - nur völlig verwirrt. Mein Opa kam nach. Starb dann auch, aber hatte einmal die Fußballbundesliga und ein BRD-Länderspiel gesehen. Ich fühlte mich in meiner Ansicht bestätigt: Ich lebte unter der Herrschaft gefährlicher Irrenhauswärterinnen und -wärter. Ich wollte allerdings überleben. Und das gab mir die Kraft für die Fortführung der Story. Denn das die Fiction wahrlich in der Klemme steckte, muss eigentlich nicht gesondert betont werden. Ich hatte weder von technischen, astronomischen noch den psychischen Voraussetzungen auch nur die geringste Ahnung. Ich übertrug schlicht meine Situation eines *Gefangenen* auf die in der Kapsel befindlichen Astronauten. Mehr nicht. Das *Tagebuch* nahm seinen Fortgang.

Was dann geschah, lohnt nicht die Mühe eines Berichts. W*ir* landeten jedenfalls. Ich war begeistert, von den Socken, in Hochform. Der *Flug* war gutgegangen - weil vorüber. Keine Toten! Aber dann - irgendwas ging schief und die Verwirrung startete erneut durch.

Ich erzählte, während meiner Aufsichtsphase, der noch lebenden Großmutter von meinem Versuch, eine Geschichte zu schreiben. Sie war die einzige Person, der ich etwas zu erzählen wagte. Sie reagierte erstaunlich normal, gelassen und mit nützlichen Ratschlägen. Das war praktisch. Ich musste ihr zum Beispiel gar nicht nahelegen, niemanden davon zu berichten, da sie ja ohnehin als geistig verwirrt galt. Niemand würde sie ernst nehmen, sollte sie erwähnen, dass ich eine Geschichte zu schreiben versuchte. Nicht einmal einem vernichtend spöttischen Seitenblick durch meine Hauptwärterin setzte ich mich durch diese Indiskretion aus.
Irgendetwas erklang in mir wie ein ange-schlagender Essensgong. Die Schreiberei machte mir ab diesem Zeitpunkt unerwartet wenig Mühe.

Um den Schaden an meinem Mofa reparieren zu lassen, arbeitete ich während der Schulferien in einer Bierbrauerei. Eigentlich hatten die da keine Verwendung für mich. Doch meine Wärter wollten mir die Möglichkeit geben, für die Instandsetzung meines Zweirades zu arbeiten.

Sie machten sich wahrscheinlich besorgte Gedanken darüber, dass ich bei weiteren materiellen Verlusten irgendwelcher Art womöglich für alle Zeit rettungslos verloren in ihren Gemäuern hausen müsste. Immer von ihnen und ihrer harten Arbeit Lohn abhängig.

Das wollten sie auf gar keinen Fall! Also gewährten sie meiner größten materiellen Sehnsucht - die nach der Fortbewegung auf zwei Rädern - Vorschub.

So erhielt ich die verantwortungsvolle Aufgabe, einen tiefgelegenen Brauereikeller zu kehren. Wenn ich nach einiger Zeit von den umherschweifenden Bierschwaden beschwipst herum torkelte, durfte ich an die frische Luft und den Hof kehren. Das förderte die Kreativität. Denn vor diesem Erlebnis hatte ich Alkohol weder getrunken noch inhaliert.

Wir waren also *gelandet*, denn mittlerweile zählte ich mich zur Crew. Jetzt musste ein Knaller folgen. Und wirklich entstand im hefege-schwängerten Dunkel des Lagerkellers die beste Seite der ganzen kindischen Story. Jetzt war es soweit! Endlich konnte der Geschichte ein Wert beigemessen werden, der es mir erlaubte, sie dem Autor zu schicken und die Unwahrheit ihm gegenüber in eine Wahrheit zu vertauschen.

Mich gierte nach rosiger Zukunft und Leben-digkeit. Also ließ ich Leben finden - und zwar in pflanzlicher Form. Einen Haufen Blätter an sein Herz gedrückt, betrat mein heldenhafter Astronaut die Kapsel und machte sich auf die Rückkehr zur Erde.

Wenn ich tief in Gedanken versunken das Licht und die frische Luft im Anschluss an den erstickend alkoholgeschwängerten Keller genoss, kam es vor, dass der Seniorchef der Brauerei meinen Weg kreuzte. Hier wiederhole ich mich: Zu welchem Zweck ich angestellt wurde, war niemandem klar. Es gab keine Arbeit, die ich als Jugendlicher in einer Brauerei erledigen konnte. Möglicherweise die Flaschenabfüllung kontrol-lieren. Aber dieser Posten blieb mir verwehrt, da er den Arbeitern die Möglichkeit gab, beschädigte Glasflaschen an Ort und Stelle zu leeren. Dieser

Posten wurde im Rotationsprinzip vergeben. Anderenfalls hätten sich die Angestellten möglicherweise ernstlich verletzt. So blieb es bei tiefen, stark blutenden Schnittwunden an Armen und Händen. Allerdings klärt sich auf diese Weise, weshalb es bei Brauereiangestellten bis in die Achtzigerjahre hinein mehr Probleme mit den Atemwegen, als der Leber gab. Winzige Glaspartikel taten ihr Werk im empfindlichen Geäst der Lunge.

Ich sah auch nicht aus, als könnte ich Holzfässer schleppen. Vielleicht noch einzelne Kästen. Alle übrigen Tätigkeiten verlangten nach Fachkenntnissen, die ich nicht hatte oder zu erlangen gedachte.

Also blieb mir nur der Besen. Allerdings warnte mich jeder im Betrieb, auf Außenstehende (also den Seniorchef) keinen untätigen Eindruck zu machen. Denn es gab ihn wirklich. Ich habe ihn erst sehr viel später wiedergesehen. In einem Film von Jean-Pierre Jeunet: „Stadt der verlorenen Kinder". Er spielte darin einen alternden Doktor, der die Träume der Kinder stahl, um seinen Alterungsprozess aufzuhalten. Eine andere arbeitnehmergetränkte Schilderung des Seniorchefs erinnerte an Kinskis Darstellung des Nosferatu.

Mich hat dieser Mann nie angesprochen und möglicherweise war er ein vereinsamter, isolierter Mensch, der nach zwischenmenschlichen Beziehungen gierte.

So kehrte ich versonnen die eine Hälfte einer Platte. Kurz bevor ich zur anderen Hälfte derselben Platte gelangte, erschien die angstvoll erwartete Silhouette am Tor der Brauerei. Ich fegte wie ein Besessener. Er erkannte an meinem Verhalten, was andere über ihn berichteten. Eine seltsame Situation, wenn man nicht ausdrücklich hierarchische Strukturen wünscht. Und was der Seniorchef sich wünschte, habe ich nie erfahren.

Wie die Story weiterging, weiß ich nicht. Den Rückflug habe ich mir gespart. Unmöglich wieder für jeden *Tag* etwas zu erfinden! Allerdings entdeckte ich die Freiheit des *kreativ Tätigen*: Wenn keine Lust oder kein Einfall vorhanden war, schlabberte man einfach.

Diese Wendung kam gerade zur rechten Zeit, denn eine herkömmliche Pubertätsdepression setzte ein und ich sprengte die Erde in einem gnadenlosen Akt persönlicher Vergeltung in die Luft. Die Heimkehrer waren dazu verdammt, um einen Steinhaufen zu kreisen, oder die Unendlichkeit abzutasten. Und das, obwohl mein

Held seine Blätter immer noch ans Herz drückte! Wie gewonnen, so zerronnen. Ich sehe mich heute noch eine lange Nase drehen. Endlich konnte ich jemanden in die Klemme drängen, ohne getreten zu werden. Das tat außerordentlich gut.

Das eine oder andere fällt mir schon noch ein. Aber ich will hier Schonung eintreten lassen. Nur so viel: Als ich das Wort *Ende* schrieb fiel mir ein Stein vom Herzen und ich fühlte ein Glück, wie ich es später im Zusammenhang mit der Schreiberei nie wieder empfunden habe. Ich hatte an einer verzückenden Blume geschnüffelt und die Passion meines Lebens gefunden. Das gilt bis auf den heutigen Tag, sowie der sich abzeichnenden Zukunft.

Mittlerweile hatte ich eine *Geliebte* oder vielmehr das, was ich zu dieser Zeit darunter verstand und gab ihr die Story zu lesen. Sie blieb die Einzige. Denn ich erhielt das mit Bleistift geschriebene Werk von 246 Seiten mit allen Rechtschreibfehlern rot angestrichen und der Frage zurück, weshalb ich "*hast*" immer mit "ß" geschrieben hätte.

So endete sie also - meine erste Leidenschaft. Und damit ist nicht die „Geliebte" gemeint.

Die Tücke der Familie, der Liebe und der dritten Leidenschaft

Es war also meine erste „große Liebe", die mich nach dem "ß" fragte und ich antwortete ihr, dass dies wohl nur mit meiner Irrenhauswärterin in Zusammenhang zu bringen sei. Ich schwebte ein klein wenig über der Erde, mich einer zwei Jahre älteren, körperlich voll entwickelten, weiblichen Person gegenüber interessant machen zu können.

Heute möchte ich mich eigentlich nur mit einer verlässlichen Sicherheit erinnern, ob ich wenigstens einmal ihren Busen berührt habe. Ich glaube, eigentlich nicht. Mir sind nur mühsame Küsse in Erinnerung, mühsam deshalb, weil jeder andere Körperkontakt währenddessen von meiner Seite tunlichst vermieden wurde. Wie sie mir heute vor Augen steht, war sie eine gerade, strenge Person. Dem äußeren Anschein nach trug sie ein Korsett.

Für geistige Verwirrung und gefühlsmäßige Kälte war die Wärterin samt deren Mutter zuständig, wie ich glaube, bereits angedeutet zu haben. Zuständig für die Abstufungen des menschlichen Irrsinns war allerdings die Mutter meines ersten, eher unbedeutenden Irrenhauswärters. Natürlich

habe ich dies nicht umgehend begriffen. Erst
später stellten sich mir die verwirrenden
Tatsachen. Ein schwarzweiß Foto zeigte einen
ungeheuerlich ernst dreinblickenden Mann, der
mir kurz angebunden als während des 2.
Weltkriegs verstorbener Großvater vorgestellt
wurde. Ich verband mit dieser Information
keinerlei Assoziation von Kriegsheld oder gar
Widerständler. Mein politisches Bewusstsein war
noch nicht wach geküsst worden.

Dieser Mann trug ein Hitlerbärtchen und zeigte
auch sonst äußerliche Ähnlichkeiten mit seinem
Vorbild, etwa der Zug um seine Mundwinkel.
Heute stelle ich mir vor, dass sehr viele Männer
in den dreißiger Jahren genauso ausschauten. Der
Blick erinnerte durchaus an den, der mir aus
(Schul-) Geschichtsbüchern entgegentrat.

Ein schwarzes Band schmückte das Foto an der
Wand. Also fragte ich. Wer mir antwortete und
wann ist mir entfallen. Ich wurde von der
Mitteilung überrascht, dass die Nazis ihm den
Garaus bereitet hatten. Aber war Oma nicht stolz,
eine Deutsche zu sein? Stolz auf die
Vergangenheit und stolz auf die mehr als
jämmerliche Gegenwart im 4. Stock einer echt
deutschen Mietskaserne ohne Herd und
Kühlschrank?

Also - so war meine Logik zu dieser Zeit aufgebaut - waren SS und SA gute Deutsche. Ganz zu schweigen vom Führer. Wie sonst war die gegenwärtige Gefühlswelt einer alten Frau zu verstehen, die jene Zeit bei vollem Bewusstsein miterlebt hatte?!?

Ich war verwirrt, verdrängte die Tatsachen, zumal es Irrenhauswärtern untersagt ist, mit den Insassen persönlichen Kontakt zu pflegen. Schlichten Gemüts dachte ich mir: "Meine Oma mag die Mörder ihres Mannes. Nun gut. Vielleicht war er ihr ein schlechter Mann gewesen und sie war froh, dass Monster ohne eigenes Zutun beseitigen lassen zu können."

Heute kommen andere Gedanken hinzu. Womöglich hat sie ihn bei den Nazis verpfiffen. Daraus darf ich schließen, dass ich nicht mehr nur an das Gute im Menschen glaube.

Doch für solch verschlungene Pfade schien mir meine Oma zu schlichten Gemüts. Außerdem: Ich durfte mich nicht lange in moralische Zweifel verstricken, denn ich benötigte zahlreiche, unbeschwerte Besuche bei ihr, um die vom Liebhaber meiner ersten großen Liebe (die mit dem „ß") erworbene Kreidler Florett am Laufen zu halten. Diese Besuche plünderten nämlich mehr oder weniger verlässlich die Münzen ihrer sicher beschämend kärglichen Rente als Entlohnung für meine vermeintliche Treue.

Diese Münzen wanderten schnurstracks und zwecklos in die Kreidler für Ritzel, Ketten, Zündkerze und diverse andere Kleinigkeiten, die bei Fehlfunktion ein Zweirad nachdrücklich am Fahren hindern. Ob meine erste große Liebe Prozente von ihrem Freund erhielt? Habe ich vielleicht deren Rendezvous bezahlt? Oder eine heimliche Abtreibung? Jedenfalls kann ich mich an nur wenige, unbeschwerte Fahrten auf der Kreidler erinnern.

Meine jüngere Schwester, die sehr viel für den alternden Menschen tat, hat übrigens kaum je Taschengeld von ihr erhalten. Ich habe sie auch nie auf der Florett mitfahren lassen.
Aber die Sache nagte doch ein klein wenig an meinem Gewissen.

Als ich pleite ging, da ich ja kaum mehrmals täglich einen bezahlten Besuch absolvieren konnte, und jeweils eins der beiden Kettenritzel nur wenige Kilometer hielt, überlegte ich mir andere Sachen um mich bei Miss "ß" im Gespräch zu halten.

Da sie meine Story bereits korrigiert hatte und ich über erste verschlabberte (pfui Teufel) Küsse nicht hinauskam, begann ich über Irrenhäuser zu reden. Das war mitleidheischend und gar nicht erotisch und leider erfolgreich. So legte ich mich nach dem ersten vermeintlichen Erfolg leider viel zu lange auf diese Masche fest. Und es dauerte endlose zwei Jahre, bis ich davon abließ. Was müssen die Mädels gelitten haben!

Da ich nie den rechten Zeitpunkt finde, wann eine Sache zu Ende ist, habe ich lange Zeit später "ß" wieder aufgesucht. Mit Entsetzen stellte ich fest, dass sie auf die Seite der *Wärter* gewechselt war und ich schenkte ihr einen von mir zuvor dressierten Nymphensittich. Lächerlich, wie ich ab und an den Nerv einer Sache unbeabsichtigt aber präzise treffe und es nicht einmal erkannte, oder den Nutzen für mich verbuchte.

Die zeitlich betrachtet dritte (und damit letzte) Entdeckung einer meiner Leidenschaften stand noch in direkter Verbindung mit Nummer zwei: der Kreidler. Ich ging auf das achtzehnte Lebensjahr zu und hatte - nicht nur das Thema, sondern auch die Ausführung - den Sex fest in meiner Planung. Nochmals wollte ich nicht so kläglich versagen wie "ß" gegenüber. So operierte ich nicht gerade wählerisch und wagte mich in feindliches Territorium. Vochum - ich kann mir keinen treffenderen Namen dafür ausdenken. Zwei große Brüder der Fünfzehnjährigen schützten mich vor der sicheren Prügel vermeintlicher Vochumer Freunde ihrer Schwester, die einen Außenstehenden keinesfalls unter den Rock eines Vochumer Mädels greifen lassen wollten. Das nenne ich ergiebige Besitzstandswahrung!

Den Rest besorgte mein roter Einzylinder: Ich flitzte davon. Der erste Sex war wie unsere erste Ausfahrt: Ich war nicht zu halten und fand keine Linie. Mit der Kreidler wäre ich beinahe mit ihr gemeinsam durch geschlossene Bahnschranken gejagt, mit meiner ersten Ejakulation wurde ein nicht eröffnetes Liebesspiel unterbrochen. Zu meinem unverschämten Glück konnte ich ein zweites Mal. Erwähnenswert in diesem Zusammenhang ist nur die Sorge um Verhütung.

Ich besorgte *Patentex Oval* - nicht allzu weit von den Bahnschranken entfernt, die uns beinahe in einen Unfall verwickelt hatten. Dieser gefährlichen Nähe maß ich keine Bedeutung zu. Hätte ich allerdings tun sollen! Ein Zäpfchen sollte – eingeführt – sich bei Körpertemperatur in der Vagina auflösen und so alle eindringenden

Sämchen auf der Stelle abtöten. Was muss das für ein hochgiftiges Zeug gewesen sein! Der Gestank jedenfalls ließ Vermutungen in alle Richtungen zu.

Die Sache war für eine Fünfzehnjährige dermaßen enttäuschend, dass es zu keinem weiteren *Vergnügen* mehr kam. Sie ließ mir über eine Freundin ausrichten, dass ich mich auf meine Kreidler setzen und das Weite suchen sollte. Ich vergoss ein paar Tränen und habe sie vergessen. Denn mein Planziel war ja erreicht: Sex um das achtzehnte Lebensjahr herum.

Was ich nicht ahnen konnte: Die nächste Frau besiegelte auf gewisse Weise mein Schicksal. Ich hätte abwarten sollen. Aber wie, wenn ich in fast keiner Hinsicht an mich halten konnte, weder mit Gedanken, noch mit Gefühlen oder gar mit Flüssigkeiten.

So manches vermochte ich trotz eklatanter Darstellungs-Inkontinenz verheimlichen. Aber die onanierte Spermaflut ließ sich nicht verleugnen. So plagt mich heute noch mein erstes Opfer: mein Teddy. Er muss schrecklich aus-gesehen und gestunken haben. Denn er wurde von meiner erwachenden Lust völlig überrascht. Er war braun, dick und behaart. Mit der Zeit bleichte die Farbe aus, was sicher auf die bunte Mischung meiner Körperflüssigkeiten zurückzuführen ist. Auch seine Haare fielen aus. Das muss mit der Reibung zu tun gehabt haben. Vielleicht habe ich ihm sogar einer meiner ersten Liebeserklärungen zugeflüstert. Ich weiß es nicht, kann es aber nicht ausschließen.

Komisch, ich erinnere mich in dieser Beziehung nicht an meine Schwester, obwohl wir doch jahrelang im selben Zimmer geschlafen haben …

Verheerend wirkte die Abbildung einer entblößten Brust auf meine Phantasie, die ich unerwartet in einer Zeitschrift entdeckte. Dieses Bild blieb mir lange Zeit erhalten. In jeder anderen Hinsicht stellte sich ein unangenehmes Absterben ein: Die Kreidler wurde aufgrund akuten Finanzmangels eingemottet, der Anlauf für eine zweite Geschichte endete, bevor er richtig begann und mit Mädchen lief ebenfalls nichts.

Ein Lichtblick blieb mir: Die Fünfzehnjährige suchte sich einen erfahrenen Freund und erhielt die Quittung in Form einer Schwangerschaft. Ich glaube, ich habe tief durchgeatmet, als ich davon hörte.

Alle drohenden Anzeichen vehement verleugnend versuchte ich mich nahtlos an einem zweiten Schriftstück. Muss ich erwähnen, dass die Sciencefiction Fiktion Story von mir nicht verschickt wurde? Wahrscheinlich nicht. Ich ahnte die Mängel von Seite eins bis einschließlich zweihundertsechsundvierzig. Ich wollte es besser machen: Ich dachte nach, bevor ich zu schreiben begann. Ich entfernte mich nicht wirklich vom ersten Plot. Aber ich wünschte mir mehr ... Struktur werde ich heute schreiben. So entstand ein weiteres *Heldenepos* aufgrund eines zwischenmenschlichen Missverständnisses.

Woher ich das Zutrauen schöpfte, ein gesellschaftskritisches Stück zu schreiben, dass eine aus heutiger Sicht erstaunliche ökologische Wendung nahm, kann ich nicht mehr nachvollziehen. Gescheitert ist der Versuch an meiner mangelnden Vorstellung von einer realistischen Vaterfigur. Doch das wusste ich damals noch nicht. Außerdem fehlten mir die Alkoholschwaden des auszukehrenden Brauereikellers. Und der Versuch wurde nicht gewertet.

Zweite Leidenschaft - Zweiter Versuch

Das Erwachen eines - ja ich quäle mich mit dem Begriff - *politischen Bewusstseins* musste eingesetzt haben. Ich wollte (oh weh!) Sozialpädagogik studieren. Ernsthaft Freunde, die Entscheidung wurde unter anderem aus echtem Mangel an Alternativen getroffen. In meinem Kopf war damals für nichts anderes Raum.

Die Irrenhauswärter sprachen einem ja nicht rein. Wahrscheinlich war das zur damaligen Zeit verboten. Ist aber auch gut so. Denn was hätte ich nach deren Vorstellungen werden sollen? Bürokaufmann, Buchhalter? Also doch: Glück gehabt. Als *Insasse* genießt man genau besehen einige Freizügigkeit, wenn man es auch nicht zugeben mochte.

Jede Entscheidung beeinflusst unser Leben neu. Ab auf die Rutsche! Von heute auf morgen. Gestern noch Feldhockey und *Öl für uns alle* gespielt, Beatles und Genesis gehört - und morgen sitze ich plötzlich mit Leuten um die dreißig in einer Klasse, die auf dem zweiten

Bildungsweg einen neuen Beruf ergreifen wollen. Wenn ich mit entschied - dann auch immer *richtig*. Natürlich, ohne meine Beweggründe tatsächlich zu kennen.

Aber ich war ein Stehaufmännchen, vorläufig. Ebenfalls zur *Sozialpädagogik* entschieden hatte sich ein langjähriger Freund. Dazu noch ein, allerdings begabter, *Künstler* und eine 1,90 grosse Frau in blond. Ich weiß nicht, was sie an mir fand. Ich glaubte sie während des Unterrichts mit meinem Blick verzaubert zu haben. Doch bildete ich mir darauf nichts ein und bis auf ein wenig Geknutsche habe ich nichts gewollt. Vorsichtigerweise.

Diese Bekanntschaft erleichterte mir meinen Einstieg in diese neue, ältere Welt. Mit meiner Schreiberei war plötzlich nichts mehr. Immerhin hatte ich eine erwachsene, ein Kopf größere Frau an meiner Seite. Sie verliebte sich später dann in einen Oberschulkameraden und ich kam mir ungeheuer edel vor, sie miteinander bekannt-gemacht zu haben (habe ich das?). Immerhin verfasste ich einen nach meinem Gutdünken, aufsehenerregenden dialektischen Aufsatz - und erhielt ein *ausreichend*. Das machte mich wütend. Was wollte dieser Typ Lehrer von mir? Was erwartete er? Ich war ein junger, aufstrebender

Schriftsteller und er verpasste mir einen Klaps auf meinen arroganten Hinterkopf. Mir war einfach der Geburtsort meiner Schreiberei aus dem Blickfeld geraten.

Außerdem hielt ich mich für genauso reif und alt, wie die restlichen Mitglieder dieser Oberschulklasse. Alles waren es patente, nette Leute. Was sie über mich dachten, weiß ich nicht zu berichten. Zweifellos waren diese zwei Jahre mein erster, konkreter Kontakt mit der Erwachsenenwelt. Und was musste dem auf den Fuß folgen? Ja, richtig: Frauen. Besser: *die* Frau.

Wie soll ich es beschreiben? Auf eine mir heute natürlich entfallene Art und Weise verliebte ich mich. Sie ging einfach an mir vorüber. Es könnte etwas mit ihrem Gang und Schmunzeln zu tun gehabt haben.

Der erste Sex war durchaus lustvoll, vielleicht sogar eine Verheißung. Was folgte, schlug allerdings eine ganz andere Richtung ein, die mit Körperlichkeit wenig zu tun hatte.

Hier wird keine dreckige Wäsche gewaschen werden. Ich möchte nur den *Titel* dieser Person ein wenig erläutern: Verheißungsvoll angelockt wurde ich unter Bezugnahme auf durchaus berechtigtes weibliches Taktieren auf würdigere Bahnen rangiert.

War ich das, der dies wünschte? Hat ein der metaphysischen Verheißung zum Opfer gefallenes, männliches Jungwesen die Möglichkeit zu widerstehen? Auch wenn sich - später - herausstellt, wie irden die Metaphysik doch ist? Wenn ich schreibe: Ich gab mich hin, dann versuchte ich, diesem Gedanken durch Taten Bedeutung beizumessen. Auch wenn ich bemerkte, dass die *heilige Mutter Kirche* dunkle Ecken und Löcher hat. Ich bin freien Willens beigetreten, also nicht unbeteiligt an dem, was noch kommen sollte.

Diese Frau wurde zur *ehrwürdigen Oberin.*

Damit war ich für mehr als ein halbes Dutzend Jahre aus dem Schriftverkehr gezogen. Das ahnte ich anfangs natürlich nicht und ich habe in dieser Zeit immer wieder davon gefaselt, eine Geschichte zu schreiben.

Einige Bemühungen wurden auch unternommen. Alleine, um des Gefühls willen, noch einmal einhundert handgeschriebene Seiten in der Hand zu halten. Es war schrecklich. Ich selber habe es nie gelesen. Natürlich nicht! Es wurde nur von einer Bekannten benutzt, sich mit ihrem Freund anzulegen, indem sie es verteidigte, während er keine unpassende Sympathie heuchelte. Ich nannte es einen *Fragmentarischen Monolog*. Alles klar!?!

Woher nahm ich plötzlich diese hochtrabenden Formulierungen?

Indem ich selber tatsächlich zu lesen begann.

Richtig, nachdem ich über mehrere Jahre versucht hatte, ein Schriftstück zu erstellen, begann ich endlich selber Bücher aufzublättern.

Deshalb zählt das Lesen auch nicht als vierte Leidenschaft. Es gehört zum Schreiben wie ein Kettenritzel zum Motorrad. Und es raffte mich gleich beim ersten Buch dahin - wie es sich für eine Leidenschaft gehört: „Der Ekel" von Sartre.

Dem schloss sich ein weiterer Schritt an, der mich immer noch als *Insasse* identifizierte: Ich begann, nachdem ich das Buch gleich ein zweites Mal las, aufzuschreiben, was ich wann las. Dies habe ich bis heute fortgeführt. Kontinuierlich. Chronologisch genau. Und wenn ich noch nicht über *mein Tagebuch* geschrieben habe, dann aus diesem Grund. Denn das einzig wahre Tagebuch sind diese Seiten. Sogar eine Kopie habe ich angelegt.

Ich war gerettet! Ich las! Mein unbändiges Bedürfnis zu schreiben wurde beruhigt. Vielleicht stößt sich hier jemand an der Behauptung, dass ich bisher nichts gelesen hatte. Richtig, da war die Reise zum Mond. Aber wann und wo? Gab es dieses Buch wirklich? Und wenn, was hatte mich angeregt es damals zu lesen? Wahrscheinlich der Tod Winnetous und das tragische Versagen deutscher und hellenistischer Helden. Und ging ich nicht nach wie vor in eine Lehranstalt? Musste nicht das eine oder andere Buch gelesen werden, wenn das Hochschulstudium der Sozialpädagogik angestrebt werden wollte?

Ich antworte: Mitnichten! Gut, manchmal musste der Klappentext oder aber die Kurzinformation über die Autorin/en durchgeschaut werden. Aber mehr auch nicht. Das reichte fürs sogenannte (demnach aber auch völlig wertlose) Erreichen des Fachabiturs.

Mit "Der Ekel" tat sich eine völlig neue Welt auf. Ich erstarrte und las alles, auch wenn ich mitunter kein einziges Wort verstand. Was hatte ich bislang versäumt! Wie konnte ich nur! Das Nachholbedürfnis rettete mich über Zeit. Es rettet mich noch heute, wenn ich mal wieder nichts zustande bringe und unzufrieden und schlecht gelaunt in der Ecke hocke anstatt sofort zum "Bobby" zu gehen und ein Bier zu trinken.

Bücher. Was für eine Welt. Meine Welt. Klar, Kino, Musik - alles wichtig und richtig. Aber gegen Bücher? Nichts! Ein Furz. Abfall - na ja, bis auf ein oder zwei Musiker beziehungsweise Filme.

Ich lese, also bin ich. Und meine - chronologisch - zweite Leidenschaft, das Zweirad, trat wirklich in den Hintergrund. Aber das hatte auch noch andere Gründe, zu denen ich im Folgenden kommen möchte.

Mit der Nachfolgerin der Fünfzehnjährigen, der *ehrwürdigen Oberin*, kam eine neue, bisher unbekannte, frische Note in mein Leben. Ich passte mich ihrem Bekanntenkreis umgehend an. Und es schien auch zu passen. Plötzlich waren Bücher, Politik, Philosophie ein Thema.

Kurz gesagt: Ich verließ die Anstalt und entkam der Wärterin. Freiheit und ungeahnte Bewegungsmöglichkeit.

Erste ernsthafte Prüfung in meinem Leben: die des Gewissens. Was für ein Spektakel! Endlich sollte ich für etwas geradestehen, was ich vertrat, endlich einstehen. Und was mache ich? Ich definiere auf schriftlichem Wege *Gewissen*. Da haben sie mich wieder ausgeladen. Denn ihnen war gleich klar: Ich war gerade erst auf freiem Fuß. Frisch aus der Irrenanstalt. Und mit solchen Typen wollte sich niemand anlegen. Nicht aus Vorsicht oder Respekt - das auf keinen Fall. Vielmehr wegen der unleidlichen Haarspalterei, die ich auszulösen im Stande war. Das hatte ich unmissverständlich und wieder einmal unbeabsichtigt zwischen die Zeilen gestellt. So kam ich zur Anerkennung als Kriegsdienstverweigerer wie die Jungfrau zum Kind. Andere kämpften, mussten immer und immer wieder zur mündlichen Verhandlung erscheinen, sich ungerechtfertigterweise verteidigen. Ich erhielt meinen Wisch, persönlich von meiner-jetzt-nicht-länger-mehr-Wärterin ausgehändigt, da ich mich nur noch selten in deren angemieteten Räumen aufhielt. Endlich stand ich einmal am Treppenkopf, während sie den Brief wie eine Gabe oder Opfer von unten in meine Richtung trug.

Wenn es bis hierher noch nicht deutlich wurde: Die Irrenanstalt hatte ich hinter mir gelassen.

Weshalb aber musste meine zweite Leidenschaft in den vorläufigen Ruhestand versetzt werden? Des Geldes wegen. Ich habe eine fast völlig aussichtslose Auswechslung versucht. Vielleicht wollte ich auch nur eine *Denk-pause* einlegen. Gedacht habe ich, vermutlich. Die *Pause* war unfreiwillig.

Die alles andere verdrängende Entdeckung: Gemeinschaft (Oder doch Familie? Dann aber zu spät. Obwohl es heißt: Es sei niemals zu spät und selten zu früh). Ich näherte mich einem Traum, und für ein, zwei Tage, Monate oder so, war der Traum greifbar nah. Ein Fest habe ich mit den Klängen von „Winter Reverses" von Tchaikovsky erlebt und fühlte mich wie neugeboren. Freundschaft. Zuneigung. Verrücktheiten – aber keine Abartigkeit. Doch irgendwas stimmte nicht. Zu jung? Ich kann es wirklich nicht beschreiben. Es endete jedenfalls sehr schnell und ich teufelte furchtbar. Was hatte ich erwartet: Lebenslang zusammen hocken? Vermutlich. Für mich war eine Entscheidung gefallen. Ich hatte mich entschieden. Aber als Einziger, unter allen anderen.

Wir hatten wenig Geld. Demnach konnte ich mir nur kurze Zeit die Leidenschaft eines Zweirades erlauben. Ich habe ohne Reue verzichtet.

Besser (oder gesünder) aus heutiger Sicht wäre es natürlich gewesen, sich zwei Räder zu erlauben und auf und davon zu machen. Bevor es andere tun oder spätestens wenn es andere tun. Aber nein! Ich harre aus. Ich mache weiter. Denn ich habe mich ja *entschieden*!

Vielleicht sagt das etwas über mich?

In diesem Lebensabschnitt hat jede/r ein Recht auf Verblendung. Aber ich habe Verblendung zu einem Recht erhoben. Ich glaubte, unter anderen mit dem zukünftigen *Bundespräsidenten* zusammen zu leben, mit der zukünftigen *spiritistischen* Größe des Okzidents, einem Nachkommen von Bismarck, und eben der ehrwürdigen Oberin.

Muss ich sagen, dass ich das als jenes Jüngelchen, was ich damals war, lange Zeit nicht gut verdaut habe? Wir alle haben unser persönliches Waterloo. Nur: Die einen verlassen das Schlachtfeld, andere suhlen immer weiter im Blut. Ich habe bereits weiter oben beschrieben, zu welcher Partei ich gehöre. Und es floß eben, sinnbildlich natürlich, dass Herzblut. Ich hörte Zappa, aber wohl nicht „Broken Hearts are for Assholes".

Na ja. In dieser Zeit habe ich es wenigstens zu einer Piaggio 200 ccm gebracht und bin damit nach Belgien getuckert um Zigaretten zu kaufen.

Der *Bundespräsident* zog zuerst aus. Musste er ja auch. Politiker benötigen Freiraum. Die Spiritistin haute ab in die Berge. Bismarcks Nachkomme verschwand unversehens. Es blieb: Die *ehr- würdige Oberin* und meine Wenigkeit. Alles war bereitet zum Schlachten. Vielleicht entstand damals unter uns die Urform von BSE. Jedenfalls hatte mir etwas das Gehirn aufgeweicht. Bevor einzelne Körperteile abgeschnitten wurden, ließen wir dann endlich voneinander ab. Die *ehrwürdige Oberin* zog es ins nächste Kloster, ich verschwand unter der Oberfläche.

Eine Frage ist erlaubt, wo sie denn blieb, die zweite Leidenschaft? Hier in Kurzform: Nach der Florett folgte eine kurze, lustvolle aber ausgeliehene Zeit auf einer 350ccm Le Mans von Moto Guzzi. Viel zu teuer und von einem lustvollen Annäherungsversuch des Besitzers gegenüber der *ehrwürdigen Oberin* begleitet.

Eine MZ 250ccm. Ihr Ende hat auch etwas mit der *ehrwürdigen Oberin* zu tun: Nach langen Mühen zu einer Fahrt überredet, endete diese mit einem Hinterradschlenker vor einer roten Ampel. Zu spät gebremst. Danach Verkauf. Die *ehrwürdige Oberin* ist nie mehr mit mir gefahren.

Erwerb einer erstmalig ungebrauchten Yamaha 400 XS. Das übrige Geld reichte nicht einmal mehr für entsprechendes Schuhwerk. Diesen besagten Winter fiel erstaunlich viel Schnee. Also fuhr ich in weinroten Halbstiefeln eine Steigung von 8% bei geschlossener Schneedecke. Als das Hinterrad durchdrehte und das Zweirad dadurch zum Stillstand kam, blieb es bei dem Versuch, die

Maschine mit beiden Beinen festzuhalten. Ganz behutsam rutschte das Gerät rückwärts. Ein bis dahin völlig unbekanntes Gefühl entwickelte sich in meiner Magengegend.

Jedenfalls stak im Frühling die Hinterradachse fest. Verkauf und Anschaffung einer 750ccm Yamaha, dreizylindrig - wie wegweisend! - mit Kardan, einem lecken Tank und einigen unvergessenen Fahrten. Zum Beispiel fuhr die *Spiritistin* mit mir durch die Eifel. Nach einer weiten, tiefen Kurve schaute ich mich mit einem schaurigen Gefühl nach ihr um. Ich hatte ihr Gewicht, ihre Anwesenheit auf dem Motorrad nicht mehr gespürt. Also fürchtete ich, sie sei vom Motorrad gefallen. War sie aber nicht. Ihre Anpassungsfähigkeit an Fahrer und Maschine war ganz außergewöhnlich - halt spiritistisch.

Soweit. Denn nun folgte der erwähnte, finanzielle Engpass und eine lange Enthaltsamkeit gegenüber dieser Vorliebe.

Die Situation zusammengefasst: keine Frau, kein Motorrad, ein nicht zu entflechtender emotionaler Wirrwarr rund um die Trennung von der *ehrwürdige Oberin*.

Na ja, Freunde standen mir zur Seite und immerhin hatte ich meine Show. Glücklicherweise vermiesten mir die wirklich guten Freunde alle Lust an maßloser Übertreibung.

Ich entdeckte, dass wider erwarten andere Frauen existierten. Stolpernd geriet ich gar in erotische Abenteuer. Die Chance, erneut zu übertreiben, wurde (un)würdig ergriffen, jedoch Sicherheitsabstand gewahrt, damit kein erneutes Glaubensbekenntnis geleistet werden musste. Es schien, als leuchte doch ein persönlicher Stern am Firmament, wenn auch nicht strahlend und hoch.

Gefühle und Gedanken klarten auf – es folgte der Griff zum Stift. Der klösterliche Nebel löste sich allmählich, die *ehrwürdige Oberin* erlebt den Akt der Zeugung. Ich gedachte mit Hilfe des Schreibinstruments in mir aufzuräumen.

Das Thema stand fest, bevor es mir bewusst wurde: enttäuschte, bittere Liebe. Ein Versuch, über sich selber zu schreiben, doch möglichst weit entfernt vom vermeintlichen *Selbst*. Grauslig! Mir ist keine einzige Zeile des damaligen Textes gewärtig, obwohl diese Geschichte viel Zeit in Anspruch nahm, auch einen Abschluss fand und damit ungebührlicherweise als Nummer 2 in meine Schreibbiographie eingeht. Ich erinnere mich noch an die Schilderung verschiedener Gebäude, die für die Story wohl einen symbolischen Wert darstellen sollten. Einen real existierenden Bahnübergang, den ich als aufgestellten *Brikett* bezeichnete sowie der fiktive Wohnort meines *Jünger Egos*. Die Kenntnis weiterer Einzelheiten muss ich verleugnen.

Die Schaffenszeit verhalf mir allerdings zu einer vorher nicht erlebten Befriedigung. Mit einem meiner damaligen Freunde habe ich hauptsächlich über die Story gesprochen. Ich machte kein Geheimnis aus meiner Tätigkeit. Glücklicher- weise riss irgendetwas organisches im Fuß und verschaffte mir so absolut freie Zeit.

Im Gips, einer elektrischen Schreibmaschine, rührend umsorgt bei Freunden im Garten sitzend, umgarnt von verschiedenen Personen weiblichen Geschlechts, ließ ich eine gute Zeit eine gute Zeit sein.

Endgültig stach der Wahn durch innere Schichten: Ich erklärte mich der Schreiberei zu ergeben.

Allerdings stand der Fundus an Lebenserfahrung im krassen Gegensatz zu meinem Vorhaben. Seltsam. Heute vermerke ich an dieser Stelle, wenn auch nur behutsam, dass es eine gute Zeit war. Ich benahm mich menschlich.

Vielleicht auch, weil ich papiermäßig im genauen Gegenteil wilderte. Ich schilderte meinen ersten Mord. Als aufmerksamer Leser von Patricia Highsmith war das allerdings keine große Herausforderung. Trotzdem erlebte ich aufgewühlte Momente rund um diese Tat. Ein ganz klein wenig war es so, als würde ich selber ans Schafott treten. Da war es deutlich: Schreiben als Ersatzhandlung.

Die Fertigstellung erfolgte in Rekordzeit. Der Gedanke, dass da wieder irgendein unlesbarer Mist aufs Papier gekotzt wurde, tänzelte durch meine gedankliche Vorhalle. Also versuchte ich das Unmögliche: Ich schrieb gleich nach dem letzten Satz umgehend an einem neuen Plot. Entsprechend meinen Empfindungen versuchte ich mich an bisher unerreichbaren Zweitausendern: Außenseiter, Freiheit, Bereitschaft zum Lebensexperiment. Ich wagte meine Nase sogar noch ein ganzes Stück weiter hinaus, indem ich mir auch das Thema *Männergruppe* notiert hatte (Ist meiner lang genug? Was ist frühzeitige

Ejakulation? usw.). Mir war zwischendurch zu Ohren gekommen, dass ich vor diesen Themen keine Zier zeigen, sondern endlich mal machen sollte. Das haben Frauen ausgesprochen, bevor sie mich verließen. Mit dem vor Augen, was sie von mir kennengelernt hatten.

Die große Herausforderung: Im Hier und Jetzt packende *und* lesbare Umschreibungen gestalten.

Das bereitet mir auch heute noch echte Probleme. Aber hatte ich meine Tapferkeit nicht schon vor zehn Jahren bewiesen, als ich unerbittlich meiner ausgetrockneten Phantasie Sciencefiction Fiktion abrang?!

Ich fand in meiner Umgebung erstmalig positive Unterstützung. Die *Spiritistin* wurde für mich zur Spiritistin. Wir hatten einige ausnehmend gute Sitzungen. Mit neuen, erfrischenden Freunden entdeckte ich durchaus anregende Tätigkeiten. Alte Freunde wischten sich erstaunt die Augen (mit Ausnahmen) oder verschwanden aus meinem Umfeld, was mich mit Befriedigung erfüllte. Ja, ich darf soweit gehen zu notieren, dass ich nicht daran dachte, ein Zweirad zu erwerben. Es spielte keine Rolle, sich auf vier Rädern zu bewegen.

Auch die rollten zwei Monate durch Frankreich. Der Landessprache nicht mächtig, reiste ich wohl kaum auf der Suche nach neuen Wegen der Kommunikation.

Auf zwei Beinen stehend, entdeckte ich mit zehntausendzweihunderzwanzig Tagen endlich Eigenverantwortung.

Ausbildung

Dass mir zu diesem Thema nur eine Sache einfällt, ist kein Zufall!

Wann, ist mir entfallen. Aber es muss vor 1980 gewesen sein. Ich schrieb an keinem Stück, tastete mich allerdings in entsprechende Regionen vor, wie ich es auch heute noch tue. Wenn ich nicht *grübele,* dann entsteht auch nichts. Also grübele und grabe ich. Eigentlich bin ich ununterbrochen beschäftigt, kopfmäßig. Gedankenlose Stunden kenne ich nicht. Vielleicht ist das die Ursache meiner nervösen Art. Wenn ich kein Thema habe, suche ich oder tu so, als wäre das, womit ich mich gerade beschäftige, ein Thema.

Was aber sollte ein Schreiber können? Schreiben denkt Ihr? Falsch! Ich sage deutlich: Zehn Finger blind auf einer Tastatur bewegen. Das ist die einzige Fertigkeit, die wirklich beherrscht werden sollte - gerade in Zeiten des Schreib-Computers.

Ab in einen Kurs. ASDF JKLÖ ASDF JKLÖ usw. usw. Auf einem mechanischen Gerät. Meine Finger schmerzten. Aber geht's ums Schreiben, kenne ich nichts. Dafür (und für die Frauen) quäle ich mich. Falls ich richtig informiert bin, ist dieser Kurs das Einzige, was ich tatsächlich erfolgreich zu Ende gebracht habe.

Obwohl: Die Zahlenreihe habe ich geschlunzt. Die habe ich nebenbei gelernt. Ich will schreiben, nicht Eier oder Zinsen zählen, obwohl mir Letzteres manchmal angenehm wäre.

Was brachte mir das? Erst einmal Einkünfte, denn ich konnte die Diplomarbeiten vernunftbegabter Menschen ins reine tippen. Ich haßte (jawohl: „ß"!) diese Tätigkeit. Aber wie es so kommt: Einer der Zufälle, der unser Leben in eine bestimmte Bahn gießt, verhalf mir zur Anstellung als *Sekretär* in einem Tendenzbetrieb.

Nachdem ich die Sciencefiction Fiktion und die Hälfte des Liebeskummers sowie natürlich alle zwischenzeitlich gescheiterten Anläufe auf ungezählte Seiten verstreut hatte, setzte ich mit der elektrischen Schreibmaschine zum Sprung an, der am Schreibcomputer endete. Ich kann heute noch nicht begreifen, wie Proust oder Mann oder Jahnn ihre Werke handschriftlich erstellten und dabei den Überblick behielten. Ich hoffe, sie beschäftigten einen fähigen Sekretär, auch weil ich gerne selbst diesen Job gehabt hätte. Was für eine Vorstellung: Sekretär bei Proust!

Mein „Liebes-mord-kummer" ergoß sich auf viele hundert handgeschriebene Seiten, bis ich den Überblick verlor. Meine Handschrift verfeinerte sich in eine lesbare, unpersönliche Anreihung sich nicht berührender Buchstaben. Heute weiß ich: Die hatten Angst davor sich zu dem zusammenzufügen, wozu ich sie auserkoren hatte. Vielleicht schämten sich manche Größen wie das „B" oder „G" ganz einfach, von mir missbraucht zu werden. Falls ich irgendeine andere Größe ungerechtfertigter weise unerwähnt lasse, so bitte um Vergebung.

Ich bin froh, dass sie sich nicht an mir gerächt haben. Oder ist es ihr Fluch, der mich seit meiner Übertreibung damals, während einer Jugendbuch-lesung, nicht mehr loslässt? Wollen sie mich für mein vorlautes Mundwerk bestrafen? Nein nein. An einen solchen Blödsinn glaube ich nicht. Das kann doch nicht sein …

Jedenfalls bin ich heute da, wo ich sein muss, um überhaupt schwarze Kleckse auf das Papier zu zaubern. Meine Finger folgen gedankenschnell. Korrekturen können eingefügt werden, ohne einen Text zum unlesbaren Kunstwerk zukünftiger *Badewannen-Memoiren* zu machen.

Zum *Klecksen* bedarf es der Wörter. Zuerst muss ich diese Wörter näher kennenlernen. Dann müssen sie in einem sinnvollen Zusammenhang verknüpft einen Satz ergeben. Dieser Satz muss - zumindest grob - in den Gesamtzusammenhang passen.

Und wenn etwas geschrieben wird, muss es irgendwann gelesen werden. Damit kommt es oft zu der schmerzlichen Erkenntnis: Gestern war das doch noch gut. Wieso liest sich das heute so derart miserabel?

Dabei ist schreiben wie ein Rausch. Und das kennt jeder. Wenn der Rausch vergangen ist, schämt man sich ab und an für sein Tun.

Und alles beginnt von vorn. Niemand wird die Zeilen jemals so genau, so ernst nehmen, wie ich in diesem Moment. Völlig überspannt!

Schreibcomputer bewahren vor Wutanfällen, etwa, wenn Tintenpassagen durch Frühlingsregen zur Unlesbarkeit verlaufen. Oder dem Bleistift im erregendsten Moment die Spitze bricht. Der schlimmste denkbare Fall: Verlust des handschriftlichen Originalmanuskripts. Wenn ich lese, dass Sartre den ersten Teil des „Idioten der Familie" durch einen Anschlag verloren hat, wird mir ganz schwindelig.

Natürlich gibt es auch Computerabstürze. Aber in der Regel sind die Zeilen zu retten. Ganz Vorsichtige erstellen eine Kopie. Eine Wunschvorstellung: So viel Text geschrieben zu haben, dass eine kleine Festplatte nicht reicht. Der Nachteil: Wie sichere ich einen solchen Berg?

Jetzt zum letzten, für mich entscheidenden Punkt: Neben dem ungehemmten Fluss der Gedanken durch das Rückgrat, die Arme, bis in die Fingerspitzen, die eine Tastatur mit hoher Schnelligkeit berühren und so einer Sache zur Wirklichkeit verhelfen, die vorher nurmehr abstrakt im Gehirn wabberte, kommt mir die technische Entwicklung noch einen Schritt entgegen, indem sie ein CD Laufwerk im Schreibgerät integriert. Gut kann ich mich an Zeiten erinnern, wo schnurlose Kopfhörer mit einem durchdringenden Grundton das verdarben, was für mich zum Schreiben gehört: Musik. Kaum schalte ich die neugewonnene räumliche Unabhängigkeit ein, schon zerrt ein statisches Rauschen an den Gehirnwellen. Die Musik muss so laut gestellt werden, dass die Konzentration sich im Getöse auflöst.

„Welchen Gedanken wollte ich gerade notieren?", knatsche ich zwischen die angeschwollenen Schallwellen. Ich gerate in Wut, bewege mich zu schnell und schwupp, liegt der schnurlose Kopfhörer auf dem Schreibtisch. Und was geht dabei zu Bruch? Natürlich der unersetzliche Empfänger. Ich habe die Dinger schneller weggeworfen, als die von ihnen verursachten Kopfschmerzen nachließen.

Die Alternative: Schnur. In diesem Fall muss der Schreibplatz in der Nähe einer Musikanlage stehen. Das kollidiert mit meinem Wunsch nach bestimmter Schreibumgebung. Zum Beispiel möchte ich gerne zum Fenster herausschauen können, wenn mich die Gedanken irgendwohin entführt haben, was ich in jedem Falle anstrebe. Oder aber, ich möchte ein kleines Insekt dabei beobachten können, wie es den Stamm einer für dieses Getier baumhohen Pflanze ersteigt, nur um vor Augen zu haben, was eine Kreatur zu leisten vermag.

Ich habe, zur Verzweiflung der jeweiligen HiFi Verkäufer, Verlängerungen bis zum geht nicht mehr erworben. Wie unpraktisch, die Lautstärke nicht regeln zu können oder aber den Besuch unweigerlich über die *Kabelfalle* stolpern zu lassen. Ganz abgesehen von der lächerlichen Außendarstellung: Man erscheint wie ein Mensch am Tropf. Kerngesund aber doch nach künstlicher Nahrung gierend. Als würden die Gedankenströme von Außen hineingetragen werden. Woddy Allen in „Der Schläfer". Aber was bleibt, wenn alles andere technische Gerät versagt?!?

Lesen

Da gibt es verschiedene Methoden. Einen Schweizer habe ich dabei bewundert, wie er pro Tag ein Buch las. Auf meine Frage hin antwortete er, er könne „Querlesen". Von Signalwörtern war die Rede. Darf ich mir das so vorstellen: Leseampel rot – Stop! Leseampel gelb – Achtung! Leseampel grün – los geht's!

Wie sonst ist zu verstehen, dass eine winzige Nuance, ausgedrückt durch ein wohlplatziertes Wörtchen, einfach überfahren werden soll?

Mir ist solch ein Vorgehen unmöglich! Ganz im Gegenteil hänge ich mit meinen Augen an jedem Buchstabenschwung. Da könnte doch das Körnchen versteckt sein, um das es in der Geschichte eigentlich geht. Also: Noch mal gelesen. Aber womöglich begreife ich auch nur recht zäh.

Ein Buch ist immer eine Entdeckungsreise. Ein uns unbekannter Mensch zeichnet eine Karte und wir folgen. Dabei sind nicht alle Wege vorgezeichnet. Viele Nebenwege, geheime Gänge, Tunnel und Höhlen lassen sich bei Bedarf aufsuchen.

Nur so kann ich mir die Daseinsberechtigung der Literaturkritik erklären. Welchen Zweck sollte sie sonst haben? Vielleicht einen chirurgischen. Will ich aber nicht hoffen. Den *Körper* eines Schriftstückes zu öffnen, birgt viele Gefahren. Keinen für den Leib. Aber jeden für den Geist!

Also hänge ich mitunter an einem Satz und nehme ihn mit hinüber in den Schlaf. Vielleicht fülle ich mir auf diesem Wege mein Traumreservoire auf. Nicht, dass es einen Mangel an potentiellen Traumsequenzen gäbe – sicher nicht! Aber es passt mir mehr in den Kram, einen *Roman* zu träumen. Das würde mir eine Menge Mühe ersparen.

Umbruch

Wo habe ich die schreibende Situation eigentlich verlassen? Genau an der Stelle, als sofort im Anschluss an einen wieder einmal gescheiterten aber zum Abschluss gebrachten Versuch keine Scheu vor einem erneuten Anlauf weitere Mühen unterband.

Oder treibt die Natur, die biologische Wurzel, ihren Scherz mit mir?

Anders: Habe selbst ich zeugen sollen?

Mir ist aus heutiger Sicht etwas wirkliches, rätselhaftes, widerfahren. In diesem Bereich war ich ein Neuling, Rohling und Wilderer.

Zu keiner Zeit war ich im *Hineinhorchen* gut. Wünsche und Hoffnungen meiner Mitmenschen waren mir nicht gegenwärtig. Wie ein Godzilla bin ich durch die Seelenlandschaften meiner Mitmenschen gestiefelt, habe – hoppla – hochkomplizierte Gebäude im Vorbeigehen zum Einsturz gebracht. Ohne schlechtes Gewissen, da unbemerkt. Wenn es auf Außenstehende anders wirkte, so nur weil ich ständig von mir auf andere schloss. Dank meiner ständigen gedanklichen Wuselei, lag ich manchmal richtig: Ins Blaue gesprochen um ins Schwarze zu treffen – oder so ähnlich.

Aus triefendem Morast zog mich, wie sollte es in diesem meinem Leben auch anders ein, erneut ein glücklicher Umstand. Zufall ist eine ebenso treffende Umschreibung. Vielleicht war es aber auch nur ein letzter Gefallen der *ehrwürdigen Oberin*? Weshalb sie mir einen Gefallen schuldete, ist nicht nachvollziehbar. Aber ich lass es gerne hier stehen. Solche Zeilen wirken auf ihre eigene, besondere Art und Weise.

Meine Selbst-Lehre war keineswegs abgeschlossen. Und doch ereignete sich ein würdevoll entscheidender Schritt: SIE trat in mein Leben. Und mit ihr gleich noch eine kleine Göre. Eine neue Beschäftigung, die mir dazu noch Freude bereitete. Ich war in einem neuen Element angekommen.

Zugegeben: Zwischenzeitlich drückte ich mir die Nase am Fenster eines Zweiradladens platt. Aber immer mit dem Baby im Arm. Kein Gedanke daran, zu schreiben. Oder Motorrad zu fahren.

Als ich SIE kennenlernte, las ich Thomas Mann: „Bekenntnisse des Hochstaplers Felix Krull". Ein Schelm, der sich dabei bestimmte Gedanken erlaubt.

Was das Schreiben und Motorradfahren betrifft, verliefen die nächsten Jahre unauffällig.

Dritter Versuch

Mein Traum war es, einen nach allgemeinen Kriterien gültigen Roman zu schreiben.

Ich habe keine Chance. Nicht einmal Bezirksligareif. Keine beruflichen oder privaten Dinge haben mich verbogen oder mich an meiner Berufung gehindert. Nein: einfach nicht fähig.

Heute habe ich davon abgelassen und auch eingesehen, dass ich auf Partys den Frauen solche Geschichten nicht mehr vorsetzen kann. Ja, ich schäme mich ein wenig meiner *ehemaligen* Arroganz und Ignoranz. Wie ein Schuster, der sich ein paar Dörfer weit entfernt von seiner Heimat, also dort wo ihn niemand kennt, für einen Brückenbauer ausgibt, der – welch ein Zufall! - gerade gesucht wird. Wenigstens habe ich niemanden verletzt und kein Allgemeingut vergeudet. Denn Brücken, die Schuster über Flüsse bauen, bringen nur Unglück.

Bewusst habe *ich um die Ecke* gedacht, damit der Anschein von Anspruch gewahrt bleiben konnte, und mich in den Gassen und Winkeln des Gehirns verlaufen, wie es Donald Sutherland in dem Film: „Als die Gondeln Trauer trugen" in Venedigs Gassen widerfuhr.

Und wieder richtungsweisende Zufälle: Ein Kunsthistoriker voller Enthusiasmus und andere Menschen, die mein Hirn öffneten. Scheint wirklich keine leere Phrase zu sein: Menschen und Orte wirken wie ein *Büchsenöffner*, wenn der betreffende Mensch sich öffnen *lässt*. Die kommenden Jahre dürfen als die vielleicht angenehmste Form des Zusammenzulebens bezeichnet werden: eigene Wohnung – die Tür aber ständig geöffnet. Wir haben zusammen gefeiert, genossen, gelitten und ... nein, nicht gevögelt. Daran zerbricht eine Gemeinschaft in der Regel. Trotzdem ging es hoch her.

Die Anregungen sind durchweg auf willigen Boden gesickert. Meine erste Regung hin auf eine neue Ausrichtung: Umberto Eco „Der Name der Rose". Das Mittelalter. So ging ich selbst auf Jahre in die rückwärts gerichtete Reise, war vollständig beschäftigt und ausgefüllt.

Keine Romane. Keine Motorräder. Nur die Zeit zwischen 800 und 1495 neuer Zeitrechnung. Eine Begeisterung brach ein und fegte durch mich hindurch. Ich wollte alles wissen, alles diskutieren, alles entdecken. Eine Zeitlang ohne Absichten, etwa das Mittelalter als Schreib-Thema zu wählen. War das nervend für alle um mich herum! Ich sprach nur noch von Konstantinopel, von den Kreuzzügen, Karl dem Großen und Friedrich II, den Normannen und anderen Berserkern. Eine Menschenschlange durchwanderte die Zeit und mein Innerstes, auf's Genaueste durch ungezählte Landkarten gelenkt, die überall in der großen Wohnung in Kopie für alle ersichtlich an der Wand hingen. Vielleicht haben sich manche Horden trotzdem verlaufen, weil die für sie gedachten Karten unerreichbar tief unten in einem Stapel auf irgendeiner Schreibtischecke verstaubten.

Das also *ist* Geschichte.

Der dritte (?) und in jeder Hinsicht intensivste Schreibanlauf begann standesgemäß in einem altertümlichen Gemäuer, einer holländische Windmühle. Kam die Vorstellung – ich traue mich nicht, von Eingebung zu schreiben – plötzlich? Ich glaube, mich erinnern zu können. Menschen, die abgerissen, hungernd und leidend durch unwegsames Gelände marschieren. Alte, junge, weibliche und männliche, bewaffnet und unbewaffnet. Zu Fuß oder auf Maultieren. Es war der Anfang einer langen (ungefähr vier Jahre) Beziehung. Ich las weiterhin Geschichtsbücher und bewegte mich ständig um meinen Schreibtisch herum.

Ich war mir nicht im Klaren darüber, ob ich ein seichtes Sachbuch im Sinne von John Cleese oder einen historischen Roman schreiben sollte bzw. wollte oder konnte. Eine Freundin von mir stellte sich jeden Freitag zum Gespräch. Bewundernswert. Allerdings hat sie die Arbeitsstelle später gewechselt. Ich hoffe nicht nur meinetwegen. Freundschaftliche Beziehungen wurden vernach–lässigt. Ich sprach mit einigen ausgewählten Personen über mein Vorhaben. Und dieses Vorhaben schien mich überwältigen zu wollen. Ich teufelte, fluchte, fuhr nicht mehr in Urlaub, tippte, schrieb mit der Hand, wählte feste Schreibplätze und Schreibzeiten, gesellte alles um mich, was inspirierend wirken konnte, hatte ein schlechtes Gewissen für jede Minute vor dem Fernseher, kaufte einen historischen Weltatlas nach dem anderen, las jedes mir verständliche historische Werk über diese Zeit und versank knöcheltief im dritten Kreuzzug. Was für ein Wechselspiel der Gefühle. Mal war ich mir sicher, ein gutes Buch zu schreiben, mal hielt ich alles für ganz großen Mist. Immerhin bezeichnete ich, wenn auch nur zögerlich, die Seiten als Buch. Eine Hervorhebung, die ich meinen bis hierher geschriebenen Worten nicht vergönnte.

Niemand drang zu mir vor. Ich verlor den Überblick. Die Geschichte begann mit mir Geschichten zu machen. An Aufgabe war nicht zu denken. Ich hatte mich weit vor getraut. Fasziniert von der Tatsache, dass Menschen, die ihren direkten Lebensraum nie zuvor verlassen hatten, nun in eine unbekannte Zukunft Richtung „Heiliges Land" zogen und „Gottvertrauen. Gott will es!" riefen.

Jedes persönliche Ereignis, jede lange zuvor in mir gespeicherte Regung wurde verarbeitet. Besonders halfen mir konservierte Gefühle, etwa aus dem Film „Am Anfang war das Feuer". Ich weiß noch, wie eine Kreatur zwischen Leben und Tod schwankend einen schier aussichtslosen Kampf gegen einen Kannibalen wagt. Ausdruck dieser Verzweiflung war ein Stöhnen, welches ich nie wieder vergessen habe.

Oder Robert de Niros Grinsen in der Opiumhöhle aus „Es war einmal in Amerika".

Und das größte überhaupt: der sich vom Knochen in ein Raumschiff verwandelnde Wurf in Stanley Kubricks „2001".

Von mir als abartig empfundene Personen wurden zu Feinden verarbeitet. Doch ich selbst war nirgendwo in dieser Geschichte. Keine Identifikation. Kein Alter Ego. Nur geschichtete Geschichte. Was habe ich mit den Rittern und anderen Figuren gelitten, phantastische Augenblicke in der Wüste durchlebt, wenn ich sie vor einer Kreuzritterburg in Palästina vor mir sah, etwa Krak de Chevallier. Wie sehr drängte es mich in diesen Momenten in altehrwürdige Ruinen. Sicher hätte ich damals deren ständig in die Hitze geflüsterten Geschichten vernommen. Sogar das wilde Getrappel einer Kreuzritterhorde, ihre Rufe. In den besten Momenten war ich ganz nahe daran.

Aber auch jetzt arbeitete ich planlos. Und als ich etwas wie einen Plan zu entwickeln versuchte, stand schon mehr als die Hälfte der Story und der Kreuzritter fast vor Jerusalems Mauern. Ich konnte und wollte nicht mehr in eine andere Richtung schreiben. Also mussten *Eselsbrücken* geschaffen werden. Manchmal gelang mir dies. Aber zu oft fehlte der Geschichte jedes Leben.

Ich wusste kein Mittel, meinen Figuren Lebendigkeit zu verleihen. Nur im Kampf, wenn Blut floß (wieder ein Dank an P. Highsmith), gelang mir der Spagat. Wenigstens ging ich den geographischen Teil der Story planvoller an. Überall in der Wohnung hingen Karten. Tauruspforte, Kilikien, oströmisches Reich, Damaskus, Akkon. Ich war stellenweise vernarrt und sicher, endlich mein Thema gefunden zu haben: das Mittelalter.

An schreib-losen Tagen quälte mich die Möglichkeit, dass ich doch zu keinem Ende kommen sollte. Das konnte, das wollte ich nicht akzeptieren. So wurde die Story zu einem eigenen Kreuzzug, aber völlig unpersönlich. Ich saß und schrieb. Wenn ich mich von meinen zahlreichen täglichen Pflichten freimachen konnte besser – manchmal gar nicht. Es war furchtbar und schön zugleich. Meine Stimmung hing an der schriftlichen Tagesration. Ein flüssiges Erzählen befriedigte mich. Kamen die Worte nur zäh aus mir heraus, wurde ich ungeduldig und wütend.

Aber immer war ich auf der Suche nach Möglichkeiten, Ideen, Wendungen. Ich *wollte* das Optimale und war bereit dafür zu arbeiten. Manchen Sommertag habe ich draußen sitzend mit dem Bleistift in der Hand verbracht. Zwar umgarnten mich zu dieser Zeit keine weiblichen Wesen (bis auf SIE natürlich) und es gab auch keine erstaunten Blicke nach großmäulig geführten Reden. Denn die unterließ ich.

Aber was schrieb ich da eigentlich? Um dies zu erfahren, hier eine Kostprobe:

«Desiderius wurde im großen Palast vor den byzantinischen Kaiser geführt. Als er nach der Verbeugung und dem ohnehin nur schweren Herzens geführten Kniefall auch noch die Proskynese vollziehen sollte, weigerte er sich standhaft. Nach der überwältigenden Herrlichkeit dieser Stadt - zuletzt der Hagia Sophia - brachte es das stolze Herz des päpstlichen Legaten nicht über sich, den Boden vor dem Kaiser mit dem eigenen Körper zu bedecken. Das durfte nach Gottes Gesetz, so wie es Desiderius verstand, kein Mensch von ihm verlangen.

Ein weiteres zeremonielles Missverständnis versauerte die anstehenden Verhandlungen. Wie es das byzantinische Protokoll vorsah, verharrte Isaak Angelos während der ersten Audienz völlig unbewegt und teilnahmslos, gleich, was die Abordnung, allen voran Desiderius, auch unternahm, um eine Reaktion bei seinem Gegenüber hervorzulocken. Dieser schien keinen seiner Besucher überhaupt wahrzunehmen, war durch seine Stellung der Unbeweglichkeit verpflichtet, hielt selbst seine Wimpern gesenkt.

Der byzantinische Zeremonienmeister wollte die Gesandtschaft aus dem Raum drängen. Dagegen stemmten sich die Christen vehement, was beinahe in einem Handgemenge mündete. Nur mit großer Mühe und höchster Anstrengung gelang es, dieses Vorgehen aufzuklären. Währenddessen fuhren leblose Löwenfiguren aus dem Nichts auf die Abordnung zu. Dieser mechanische Trick verursachte weiteren Aufruhr, denn der eine oder andere Knappe fühlte sich mitten im kaiserlichen Palast von wilden Tieren angegriffen.

Zu guter Letzt fuhr der kaiserliche Thron unmerklich in die Höhe. Dieses unerwartete Ereignis führte zur unkontrollierten, kollektiven Auflösung. Der kaiserliche Zeremonienmeister rannte jedem einzelnen Christen hinterher und redete, größtenteils vergebens, auf sie ein. Desiderius selbst war völlig aus der Fassung geraten, ließ jede Beherrschung vermissen und schimpfte wie ein Rohrspatz und in lauten Tönen. Der Ritter Guigue wurde von der Leibwache des Kaisers mit Gewalt daran gehindert, sein Schwert zu ziehen. Es war ein einziges, großes Durcheinander, während der Kaiser, immer noch völlig regungslos und trotz dieser außergewöhnlichen Ereignisse unbeteiligt, dieser Szene quasi schwebend entging.

Nach geraumer Zeit wurde unter zur Hilfename ausgesuchter, mühsamer Erläuterungen von Seiten der Byzantiner das Missverständnis endlich klargestellt und den Abendländern erklärt, das diese Audienz als Auftakt der Verhandlungen praktisch einzig dem zeremoniellen Charakter diente. Die hohe Stellung des Kaisers verpflichtete ihn anfänglich zur Tatenlosigkeit. Stelle man sich doch bitte vor, wer sonst alles mit den lächerlichsten Bitten und Fragen vor den kaiserlichen Thron treten würde. Das Reich war riesig, die Zahl seiner Untertanen unermesslich.»

Die Story quälte mich und sich über Monate, Jahre. Insgesamt durften es vier werden. Achtundvierzig Monate. Mich lechzte nach einem Ende. Aber die passende Abfahrt hatte ich versäumt. Typisch. Irgendwann *war sie am Ende*, nicht als beabsichtigter Akt, vielmehr durch totale Ausschöpfung meines Reservoirs. Die *Zisterne Schreiben* war nicht so ergiebig wie erhofft. Es brach eine Zeit der *Trockenheit* an. Zwar habe ich die Story an Verlage geschickt, sogar an einen namhaften historischen Autor. Aber es galt das Prinzip Hoffnung. Denn ich arbeitete nicht mehr. Ich wälzte den Schreibteig nur noch hilflos vor mir her.

Ein Verlag meldete sich. Aber ich hatte das „Foucaultsche Pendel" gelesen! Ein *Druckkosten-zuschuß* war von mir nicht zu bekommen. Ich spürte deutlich: Die Geschichte war gescheitert. Zuwenig investiert. Nicht ordentlich genug gearbeitet. Nur das Vergnügen des Schreibens gesucht und - gefunden.

Eines zeichnet die Geschichte aus: *Ich* habe sie nach mehr als einem Jahr gelesen. Premiere! Bis hierher war es mir unmöglich, selbst geschrie-benes zu lesen. Noch habe ich keine Vorstellung, wie Autorinnen und Autoren ihre Erzeugnisse überarbeiten. Gibt es eine Begabung, die eine Überarbeitung anderen überlässt, da es nur noch um Details geht? Ich versinke rettungslos im Treibsand der selbst gestreuten Worte.

Einige Seiten haben mir gefallen. Andere Seiten sind zäh wie Leder. Manche Figuren sind erkennbar aufgezeichnet, andere wirken nicht einmal so lebendig wie die Puppen der Augsburger Kiste. Die Idee: nicht schlecht. Die Umsetzung: mangelhaft. Keine Freude über den Abschluss der Arbeit. Wo blieb der immer wieder herbeigesehnte Triumph und die Befreiung durch ein einziges Wort: ENDE!?! Keine brauchbare Erfolgsmeldung von Leserseite. Ich habe sie dann berechtigterweise eingemottet.

Eine Depression blieb nicht aus. Unzufriedenheit. Ja, manchmal Wut. Hatte ich mich wieder einmal nicht *richtig* angestrengt? Fleißig, ausdauernd, hartnäckig zwar. Aber was hielt ich zurück? Den totalen Einsatz? Was sollte ich denn machen? Job und SIE verlassen, irgendwo ein Zimmer mieten, begleitet mit Musik und Schreibmaschine? Wo sollte das enden? Was fehlt? Eine durchaus nützliche Grundbildung, obwohl ich mitbekam, dass selbst Hohlköpfe Bücher schreiben, die den Weg an die Öffentlichkeit finden. Einige historische Romane habe ich nach der 3. Seite weggelegt.

War ich immer noch auf gesonderte Art und Weise zu faul? Sollte ich wirklich aufs Land ziehen, in eine bescheidene Zweizimmer-wohnung, die Wände braun streichen?

Kann ich in dieser oder jeder anderen beliebigen Umgebung *besser* schreiben?

Wenn ich es nur wüsste!

Zweiräder

Was war geschehen? Arbeit. Was sollte geschehen? Keine Ahnung! Ich konnte für viel Geld meinen Selbstwert streicheln und etwas veröffentlichen, von dem ich selber nicht überzeugt war. Würde die Abteilung Selbstbetrug korrekt arbeiten und einen solchen Zug decken? In meinem Auftrag und dann den Auftrag vergessen? Wie funktioniert so etwas?

Ich saß auf einem Schlitten, dessen Talfahrt unaufhaltsam an Geschwindigkeit gewann. Wer sonst wusste Zeit und Arbeit so sinnlos zu vergeuden, wie ich es mein gesamtes bisheriges Leben unternommen hatte? Wann gedachte ich etwas aus mir zu machen? Und wenn, was? Rasante Talfahrt. Ich konnte den Schlitten kaum in der Spur halten.

Also stürzte ich mich auf zwei Räder, den einzig adäquaten Ersatz. Zwei Jahre lang auf verschiedenen Maschinen wurden die Kurven tiefer und tiefer. Ich beschäftigte mich nur noch mit Fahrgestellen und PS.

Und selbst dorthin verfolgte mich mein Dämon: Fünfmal die Woche fuhr ich diese Kurve. Doch raubte gerade sie mir mein fahrerisches Selbstwertgefühl. Der erste Sturz meiner Laufbahn. Danach ist es einfach nicht mehr dasselbe.

Stand ich da, ohne etwas in Händen? Wenn ich einen Blick riskierte, erkannte ich jedenfalls nichts.

Vielleicht interessiert noch, was überhaupt ich am Schreiben finde.

Heute, bei einsetzender Glatze und zehn Kilo Übergewicht will ich für mich alleine scheißen. Das ist nicht stark oder unvermeidlich, aber ein Zug des Lebens. Es *stinkt* einfach zu eklig.

Habe ich nicht schon immer schreiben wollen? Bin ich nicht durch eine eigene Übertreibung auf diese Bahn geführt worden? Möglich, dass jeder Mensch etwas Besonderes sein möchte. Und das einzig Besondere an und in mir bleibt die Tatsache, Wörter auf Papier zu bannen. Nicht mehr – nicht weniger. Das ist der fixe Punkt meines persönlichen Universums, von dem aus der Faden nach unten hängt.

Hat wohl etwas mit Selbstwertung bzw. Anspruch zu tun. Jede/r möchte etwas *sein*. Ordentliches oder unordentliches - gut oder böse. Das ist gleich. Hauptsache ein Selbst fühlt sich dort draußen verortet. Offensichtlich ist niemand auf dieser weiten Kugel von diesem Drang befreit. Diese Suche ist mit oder ohne unserer Umgebung möglich. Nach Außen oder nach innen gerichtet. Ganz gleich. Sie findet statt.

Vierter Versuch

Was hat sich seit dem letzten Versuch verändert?
Oder: Hat sich was verändert?

Da ist so ein Gefühl in mir, dass der Vorgang des
Schreibens eng mit einem *starken Seegang* der
Gefühle zusammenhängt. Mir als dem
Betroffenen ist dies lästig und sogar peinlich.
Haltlos torkele ich von Steuerbord nach
Backbord. Dann schlage ich zwischendurch noch
mit dem Knie auf den Boden oder verletze mich
am Arm. Und das alles wegen mangelnder
Kompetenz. Würde ich etwas von den
Grundlagen verstehen, so ließ sich Emotion
glätten und Ausdruck im geordneten Ablauf des
Blätterwaldes finden.

So aber wache ich auf, gehe an Deck, schaue auf
das Wetter, begriffsstutzig gegenüber Zeichen, die
vielleicht schon in der Nacht zuvor ihre Nachricht
am Firmament kundtaten. Und plötzlich bricht
der Sturm los und peitscht mich übers Deck. Ich
hänge rat- und hilflos in der Takelage. Woher und
wohin oder gar: weshalb? Schon beginnt die

nimmer endende Grübelei, da keine Antwort passt, beziehungsweise ein weiterer Sturm die möglicherweise gewonnene Standhaftigkeit durcheinanderwirbelt.

Hatten sich meine *Wärter* also doch nicht geirrt? Aus mir konnte nicht das werden, was zu sein ich wünschte. Keine beflissene Kontinuität.
Was bleibt, ist aus der Not eine Tugend zu formen. Derartige Notlösungen befriedigen mich nicht, rütteln jedoch an mir, wenn ich auf meinem Hintern sitze und nichts tue.

Wie ich mich dabei fühle? Na hilflos, fremden, von mir nicht zu beeinflussenden Kräften ausgesetzt. Meine Leistung: Nicht unter Deck bleiben, sondern den Gang nach oben wagen. Immer und immer wieder – gleich wie lange die Pause dauert – nach einem leeren Blatt Papier greifen. Schreiben als Krücke, die mir den Aufstieg an die frische Luft ermöglicht. Und diese Krücke stelle ich aus.
Da wundert es nicht, dass sich keine Zufriedenheit einstellt. Wer kann sich mit einer Gehhilfe als Schriftstück abfinden?! Arrangieren vielleicht, aber nicht abfinden!

Vertrauter Ablauf: Ahnungslos beginne ich einen Text. Das Hochgefühl weckt einen, sonst zum Glück unwirksamen, Größenwahn. Dann: Schaffenskrise. Zweifel. Was mache ich da eigentlich?. Ablehnung dessen, was geschaffen wurde. Niedergeschlagenheit.

Der Ablauf variiert von Versuch zu Versuch ein wenig: Der 1. Versuch war rein – da völlig unwissend. Der 2. Versuch noch während der Arbeit vom Wunsch nach einer anderen Story durchdrungen. Der 3. Versuch exakt wie oben beschrieben. Und der

4. Versuch ...

Ahnungsloser Beginn. Hochgefühl während der Entstehung. Zweifel. Allerdings: Keine Schaffenskrise, da Bescheidenheit angesagt ist und noch keine Ablehnung. Ich wittere gelegentlich erste zärtliche Spuren im Schaffens-Äther!

Falls es zutrifft, dass Schreiben wie Medizin wirkt, bedeutet dies noch lange nicht, dass ich deshalb die Krankheit liebe. Also ist Unsicherheit ein ständiger Begleiter.

Mit den Jahren habe ich gelernt: Die Medizin darf die Krankheit nicht *ablösen* und damit selbst zur Krankheit werden. Immer auf Dosis und Heilungschancen achten! Immer bescheiden bleiben. Für einen Lahmen sind Gehversuche schon ein Fortschritt. Für einen Substanzlosen sind vierzig Seiten (dreißig, wir wollen hier nicht übertreiben!) schon eine Menge. Und wenn dann stellenweise noch gelacht werden kann, was will ich mehr?

Die Antwort ergibt sich von selbst: Auch weiter aktiv bleiben und von der Medizin naschen. Ist Bewegung nur auf Krücken möglich, dann weg mit der Scham, der Zurückhaltung und Unsicherheit! Leicht geschrieben, schwergetan.

Ihr habt es sicher alle bemerkt: Die chrono-logische Zahl der Versuche ist etwas durchein-andergeraten. Und wie war die korrekte Reihen-Folge der drei Leidenschaften?
Genau! Ihr habt es erfasst: Weder gibt es eine lebendige Chronologie noch eine wirkliche Reihenfolge. Da tummeln sich Zufälligkeiten wie andere beliebige Begebenheiten. Und sicher ist an der einen oder Stelle etwas übertrieben worden. Aber genauso ist gelebt worden: Durcheinander. Nicht linear. Planlos. Aber nicht ohne Liebe. Und

die war doch die erste der Leidenschaften. Oder
vielleicht doch das Schreiben? Ehrlich, ich weiß
es nicht. Und: Mir ist es auch egal. Es läuft ganz
prima so.
Also weiter meine Lebenszeit sinnvoll vergeuden.

Abgang

In jedem Leben gibt es sie: die Chance, die
Ausfahrt in unbekanntes Terrain. Mal mehr, mal
weniger deutlich. Für Schwergängige wie mich
eher nachdrücklich: „Hallöchen - hier ist sie!"

Unbeabsichtigt mag ich einen Teil beimischen,
dass es ungefähr wie folgt zugeht: Der eigene
Blick bleibt stur geradeaus auf die Fahrbahn
gerichtet. Eine Ausfahrt nach der anderen fliegt
unbemerkt vorbei. Irgendwann werden
Außenstehende versucht sein, mir die Richtung
anzuzeigen. Denn: Kein Mensch kennt sein
Kontingent an Ausfahrten.

Je nach dem wie nah dieser andere Mensch steht, können Hilfsmittel, zum Beispiel ein Vorschlaghammer, Anwendung finden. Mit Hilfe eines kräftig geführten und gezielten Schlages auf den Hinterkopf ruckt der Blick auf das Schild: „Nächste Ausfahrt: 1000 m". Ach, schon so nah? Muss ich etwa da raus?

Müssen? Zufälle? Bewusste Entscheidungen? Das eigene Handeln als willentlicher Prozess? Nein, Freunde, ich habe die *Ausfahrt* nicht genommen, den Schlag mehr oder minder eingesteckt und bin weiter geradeaus gefahren. Einfach nur stur.

Ich kann nicht loslassen, beharre auf Erhaltung einer Situation oder Lebenslage. Das lässt vermuten, dass ich mit der jeweiligen Situation anscheinend recht zufrieden bin. Irgendetwas muss ich ja daran finden, sonst würde ich ja nicht klammern.

Leider bin ich mir diesbezüglich nicht sicher. Möglich, dass ich Veränderungen scheue wie einen Sturz vom Motorrad. Also stelle ich mich dem Strom der Dinge entgegen – und werde weggespült. Das macht mir Angst. Aber ich schwimme ungern mit dem Strom. Ich schwimme nämlich verflucht schlecht. Vor dem Sprung ins kalte Nass versuche ich jede andere Möglichkeit. Bis mir das Wasser bis zum Hals steht. Dann schöpfe ich noch einmal kräftig Atem, tauche unter, um weiterzumachen, wie bisher.

Keine wesentliche Veränderung in den letzten – sagen wir über den Daumen – dreißig Jahren. Und genau das ist es, was mich an dieser Stelle ENDEn läßt.